Mimis Leben II

Ulrich Orzschig

Mimis Leben II

(nach „Mimis Kindheit")

Bibliografische Information der Deutschen Nationalbibliothek:
Die Deutsche Nationalbibliothek verzeichnet diese Publikation in der Deutschen Nationalbibliografie;
detaillierte bibliografische Daten sind im Internet über
http://dnb.d-nb.de abrufbar.

Umschlaggestaltung, Herstellung und Verlag: BoD- Books on Demand
ISBN: 978-3-7386-8300-4

Mimis Leben II

10.07.2009

Ihre Flötenfreundin hat ihn gefragt, ob ER wieder etwas über mich schreiben möchte. Ich habe nichts dagegen, weil ich dabei neben seinem Schreibheft auf dem Tisch liege und ER sich nachdenklich mit mir befasst. Er möchte nicht noch einmal von Verlegergeiern ausgenommen werden, aber das ist bei heutiger Kenntnis des Marktes zu schaffen.

„Alter" finde ich nicht so gut. Mit zehn Jahren statistisch in der Lebensmitte stehend ist jedenfalls „Nicht-mehr-Kindheit", nicht zu bestreiten, wenn man es nicht mehr ohne Stuhlzwischenlandung auf den Küchentisch schafft und sich auf dem Spaziergang mit beiden zum Friedhof ab und zu auf dem Bürgersteig ausruhen muss – um nur zwei Beispiele jener Veränderungen seit dem „Mimis Kindheit"-Büchlein zu nennen.

Sein Geburtstag naht – mit nervendem Staubsaugerlärm und anderen Beeinträchtigungen meiner ausgedehnten nachmittäglichen Sessel- oder Sofaruhe.

11.07.2009

Verregnet kamen beide von einem Freiluftgottesdienst zurück („Suche nach dem Glück", das auch ohne Schloss mit Butler und Lamborghini zu erreichen ist, als sich abfindende Gestaltung der eigenen täglichen Möglichkeiten in Geduld und Hilfsbereitschaft). Da beide grauhaarig und betagt sind, ist zufriedenes allmorgendliches Weitermachenwollen nicht selbstverständlich.

Ich brauche nur Überschaubares zum Glück: Gestreicheltwerden, Zuwendung, Krümelfutter und sonntags Thunfischpastete, ein Schlafplätzchen auf Bett oder Sofa oder Sessel, einen Garten, viel Auslauffreiheit (wenn beide weg sind, per Leiter durchs Kellerraumfensterchen), keine Autofahrten im Korb eingesperrt (Tierärztin!). Auch auf Hauskater Mariechen könnte ich gut verzichten; in den fünf Jahren ohne ihn fühlte ich mich kaum jemals belästigt. Jagderfolge brauche ich nicht mehr so oft, denke jedoch sehr gern an meine besten Zeiten zurück.

12.07.2009

Wegen seines Geburtstages wurde ich schon früh verwöhnt (Pastete; am Blumenstrauß knabbern; mit rotem Einwickelbändchen spielen …).

Vom Feiern (radeln zum Waldgottesdienst, aushäusig speisen; Kirchenkonzert) kamen beide erst abends durchnässt zurück, aber mit mir zu schmusen blieb genug Sofamuße – besser als wenn sie zehn Gäste auf der Terrasse betreuen und keine Zeit für mich abzweigen können.

13.07.2009

Beim Geburtstagsgrüße-Beantworten liege ich daneben auf dem Schreibtisch. Es sind besinnlichere Wünsche geworden – passender als früher zum begrenzten Lebensrest mit zunehmenden Einschränkungen. Kirche und Musik neben tröstlicher Lektüre und Geselligkeit helfen ihm bei täglicher Sinnsuche. Mit „piep" mein Köpfchen an ihm reibend weise ich – wenn ER zu fern träumt – auf meine Existenz hin.

14.07.2009

SIE eilt zum Heilpraktiker, während ich IHM bei der Johannisbeerenernte nahe bin. Als der Tagesbedarf auf Pfannkuchen landet, bin ich freilich eingenickt: Wer Sommernächte draußen verbringt, hat Anspruch auf langen Vormittagsschlaf.

15.07.2009

Zu Zweit holten sie die grünen Netze von den Johannisbeersträuchern – eigentlich bedauerlich, denn Mariechen und ich versteckten uns gern darin.

16.07.2009

Eine Abendfreude wollte ich ihm bereiten und hüpfte auf sein Bett – für zehn Minuten; dann merkte ich, dass SIE die Terrassentür geöffnet hatte und eine warme Sommernacht lockte. Verflixt: Schon wieder von der meterhohen Spüle abgerutscht, in der die volle Gießkanne steht, aus der ich gern trinke; ER hob mich hinauf – mit erhöhtem Verständnis, weil ER ebenfalls mit zunehmenden Einschränkungen zu leben hat.

18.07.2009

Etliche Orchideen wollen von ihr umgetopft werden, eine abendfüllende Beschäftigung. Er striegelt mich mit einer herrlichen Bürste und liest dabei vor: „Frauen machen Weltgeschichte" von G. Hoffmann. Ob Kaiserin Theophanu, Hildegard von Bingen oder Rosa Luxemburg: stets wird das schwierige Umfeld deutlich, unter welchem privaten, beruflichen, religiösen, politischen Druck und geschlechtsbedingten Widerstand solche Leistungen entstanden.

19.07.2009

Die Nachbarn sind für zwei Wochen traditionell in die Schweiz entschwunden unter Zurücklassung ihrer von uns zu betreuenden Katze. Dass sie auf unserer Terrasse ihren Tag gestaltet, stört mich nicht, auch nicht ihre bescheidenen Ernährungswünsche. Aber dass sie nachts unter Verschmähung ihres entvölkerten Hauses meinen Stubensessel frequentiert, bedrückt mich schon, freilich nur auf Zeit.

20.07.2009

SIE hat alle Steuererklärungspapiere in vielen Häufchen auf dem Arbeitszimmerteppich ausgebreitet: Nun darf ich nicht hinein, obwohl man vom Fensterruheplatz einen vortrefflichen Rundblick auf den hinteren Garten hat. Einmal hatte ich mich hineingemogelt und malerisch zwischen Rechnungen ausgebreitet – bis SIE in höchstem Sopran (vermutlich noch in Wladiwostok zu hören) mein Tun infrage stellte (einige Papierchen hatte ich mit meinem Köpfchen durch die Gegend geschoben).

22.07.2009

Aus unseren Brombeeren haben beide abends Marmelade hergestellt: anderer Duft, heißer Riesentopf, alles klebte – da eilte ich hinaus in die milde Sommernacht.

23.07.2009

Meistens finde ich Mariechens unsanfte Art ungenießbar. Als ich jedoch heute unter der Decke auf dem Sofa schlief, legte ER sich auf der Decke nahe an mich – irgendwie rührend.

25.07.2009

Betagte Nachbarkatze nutzt immer noch tags und nächtens unseren, also vor allem meinen, kuscheligsten Schlafsessel. Seine Tröstungen („nur noch acht Tage") helfen mir heute bei Regen (also wenig Ausgang) wenig.

28.07.2009

An der seltenen Truthahnpastete und noch mehr Geknuddeltwerden spürte ich das Besondere dieses Tages: 16 ½ Jahre seit ihrem Kennenlernen.

30.07.2009

Nach Bratwurst dufteten beide bei abendlicher Rückkehr und berichteten von einem Grillfest; ich mache mir freilich ohnehin nicht viel aus Gebrutzeltem, höchstens Wurstscheiben, die aber in beider Diätplan seit Monaten wegfielen.

31.07.2009

Nachbarn zurück, ihre Katze also aus meinem Schlafsessel endlich entschwunden.

01.08.2009

Bei 17 Grad rief SIE mich spätabends. Wie kann man nur welt-, äh – katzenfremd sein anzunehmen, ich verbrächte laue Sommernächte freiwillig in mittelmäßiger Schlafzimmerluft?

06.08.2009

Er hob mich auf das Fahrrad und schob mich auf dem Bürgersteig entlang; es tat gut, auf Mariechen hinabzuschauen.

08.08.2009

Zu viel Musik macht mich schläfrig. Bei Verdis „Don Carlos" (bis kurz vor Mitternacht) – SIE bügelnd, ER andächtig – bin ich neben IHM auf dem Sofa eingenickt.

12.08.2009

Vor 15 Jahren sind sie hierher gezogen – vor meiner Zeit zum Glück, denn im dritten Stockwerk ohne Garten wäre es schlimm, erst recht für Mariechen mit dem 24-

stündigen Freiheitsbedürfnis. Heute jammerte das Marie-Katerchen wegen seines Impftermins (also eine Stunde eingesperrt; auch mir wurde ganz anders, als der weiße Käfig auftauchte – hat aber Zeit bis März).

14.08.2009

SIE hat mich im Garten beschützt – vor einem aggressiven Riesenkater, der erst nach ihren deutlichen Unmutsbekundungen und meinem Gepiepse sich verzog. Das werde ich ihr nie vergessen.

18.08.2009

Eine neue Bügelmaschine – SIE freut sich, ich auch über das leisere Geräusch.

19.08.2009

ER ging endlich wieder mit uns spazieren zu einem verwilderten Garten; nur ein grauenhaftes, aggressives Katzentier, das schließlich auch nicht im verlassenen Haus wohnte, trübte kurzfristig die Ausflugsfreuden.

22.08.2009

Seit Tagen schwach und krank mit hohem Fieber, unter das Bett verkrochen – endlich haben sie es bemerkt und mich zwecks Spritze zum Wochenend-Notdienst-Tierarzt gebracht.

24.08.2009

Tagelang saß eigentlich ER oder SIE an meinem Genesungslager, aber heute geschieht gar nichts: SIE hat Geburtstag. Man sitzt voll abgelenkt zu acht auf der Terrasse, mal bei Kuchen, mal bei Abendbrot. Als SIE Kaffee kochte, kam ich mehrmals in die Küche, um überhaupt wahrgenommen zu werden.

27.08.2009

Mein Befinden weiterhin sich normalisierend, aber Mariechen musste heute nach schlimmer Rauferei mit fremdem Riesenkater zur Tierärztin (sicher dort ein- bis zweimal gepiekst werden wie bei mir).

29.08.2009

Zur Parkbesichtigung mit der Flötengruppe war SIE noch zu schwach, aber beim Überraschungsständchen bei einem silberhochzeitenden Mitglied wirkte SIE mit. Ich blieb wegen Regen im Sessel, wo ER mit Lektüre (J. Austen „Verstand und Gefühl") meinen Schlaf bewachte. Mariechen erneut verletzt.

01.09.2009

Mit ihr und ihm zum Friedhof, wo ich bei Unkrautbeseitigung zuschaue und die Umgebung erkunde; leider trieb Dauerregen uns nach einer halben Stunde heimwärts.

05.09.2009

Ich begleite IHN ja sehr gern – aber dreißig Minuten bis zum Papier-Container jenseits des Friedhofs waren zu viel trotz Pausen. Bin ja nicht mehr ein junges Kätzchen, sondern in der Mitte des Lebens.

08.09.2009

Wieder mal eingerieben mit jener Medizin, die mir Flöhe und dgl. vom Halse halten soll. Da es nicht weh tut, trage ich es gelassen; Mariechen hingegen muss mühsam festgehalten werden.

14.09.2009

Regen – wenn ich nass hereinkomme, rubbeln sie mich trocken. Mariechens Narben heilen langsam; bin sehr froh, dass ich jenes fremde Vieh nur von ferne sah.

21.09.2009

Bei 10 Grad gehe ich gewärmt und ausgeschlafen erst frühmorgens hinaus, was mittägliche Spätsommerfreuden auf der Terrasse nicht ausschließt. Sie waren nach Stade ausgeflogen (Kirche St. Cosmae mit goldenem Altar aus dem 15. Jahrhundert, Altstadthäusern ab 1590 – noch bewohnt –, Schwedenspeicher von 1670 …); leider hatte ich (schläfrig) sein Freiluftangebot ausgeschlagen und kam so erst spätnachmittags wieder ins sonnige Freie.

24.09.2009

Mariechen musste wegen einer Untersuchung über Nacht bei der Tierärztin bleiben; endlich heilt es besser. Ich darf nicht mehr auf den runden Tisch, da SIE ihre Steuererklärungspapiere darauf ausgebreitet hat.

29.09.2009

Sie waren im nordfriesischen Friedrichstadt (1620 von holländischen Glaubensflüchtlingen erbaut); da wieder die Leiter im Bad stand, kam ich – wie auch Mariechen – gut hinaus und herein.

01.10.2009

SIE hat wieder Zeit mit mir zu schmusen: Die Steuererklärung ist fertig und abgegeben!

05.10.2009

Die Nachbarskatze bewegt sich ganztägig auf unserem Grundstück – ich finde das gar nicht gut, Mariechen erst recht nicht. Aber SIE und ER haben nun mal die zehntägige Vertretung für die nach Oberbayern entschwundenen Betreuer übernommen.

13.10.2009

Bei sinkenden Außentemperaturen hatte sich die Nachbarskatze gänzlich bei uns einquartiert – bis heute, denn ihre Leute sind aus Berchtesgadener Idylle in den norddeutschen Alltag zurückgekehrt; lebhafte Wiedersehensfreude allerseits und für mich sowie Mariechen leichteres Finden eines ungestörten Ruheplätzchens.

15.10.2009

Über ihre Koffer stolpere ich im Schlafzimmer (acht Tage südspanische Wärme und Kultur). Ich bleibe lieber hier, zumal die Leiter im Bad selbständige Ausflüge ermöglicht und die Nachbarn für Essensnachschub sorgen.

24.10.2009

Gebräunt sind sie zurückgekehrt – und begeistert, Mariechen und ich auch zufrieden trotz zuverlässiger Nachbarn; das Vertraute ist mir am liebsten.

31.10.2009

Reformationsfest – aber vor allem singende Kinder an der Haustür. Erstmals schläft auch Mariechen drinnen bei nur noch 3 Grad. SIE hat mir klappernde kleine Stoffspielmäuschen mitgebracht, die ich durch die Gegend schiebe, erhasche und herumtrage.

03.11.2009

Mariechen darf immer noch draußen futtern, wo er ja auch lebt; wir sehen ihn kaum, was mir recht ist. Außer abends gehe ich meist nur kurz spazieren, zumal es so früh dunkel wird. Auf meinem Sessel oder Sofa wird es richtig gemütlich; zum Schmusen setzt sich immer mal eine(r) neben mich. Am schönsten ist es, wenn mich jemand mit der schwarzen Bürste striegelt.

06.11.2009

SIE ist mit Auto und fünf Taschen (Flöten, Wäsche, Kosmetik u.a.) für drei Tage zum Flötenseminar entschwunden. Ihre sanfte Hand und helle Sopranstimme fehlen mir, auch wenn ER streichelnd und fütternd sich redlich müht.

08.11.2009

Nix gegen seine Bemühungen um mich – aber abendliches TV-„Traumschiff" auf ihrem Schoß/Knie ausgestreckt zu verschlafen, bleibt das Höchste an Gemütlichkeit.

10.11.2009

Gartenhelfer zwei Tage da; niemand hat Zeit für mich. Beide freuen sich über die Ergebnisse bei Sträuchern und Obstbäumen, aber Marie und ich mögen die Sträucher und Hecken lieber unbeschnitten. Auch auf dem Friedhof schaut es anders aus: pflegeleichter, erklärt SIE mir. Die dortigen Röschen sollen nun hier den Vorgarten verschönern.

11.11.2009

Gartenhelfer da – sehr nett. Nur sein lustiger Rauhaarterrier futterte aus meinem und Mariechens Napf und sorgte für Unruhe.

13.11.2009

Vielleicht weil der 13. heute auf einen Freitag fällt – jedenfalls gab es Kritik, weil ich, wie schon oft, die Vorleger im Bad energisch zusammengeschoben hatte.

15.11.2009

Gekratzt habe ich SIE, weil ich nicht mit den zarten Orchideen spielen durfte. Nun gibt SIE sich kühl zu mir – das habe ich selbst angerichtet.

18.11.2009

Eine Stunde auf ihrem Schoß SIE gewärmt – Harmonie einigermaßen wiederhergestellt.

20.11.2009

14 Grad – wir konnten nachts draußen sein.

25.11.2009

Sie waren zwecks Kultur zwei Tage in Magdeburg; mit viel piep-piep teilte ich ihnen danach meine Wiedersehensfreude mit.

30.11.2009

Koffer stehen schon wieder herum: Alte süddeutsche Städtchen wollen sie vier Tage bestaunen; für meine Nerven ist ihre Abwesenheit nicht bekömmlich, aber Mitkommen sei weit schlimmer, erzählen sie mir.

04.12.2009

Wie schön, dass sie wieder da sind – zum Schmusen, Wärmen, Betüteln und überhaupt, auch dass sie die Adventsdekorationen wieder aufgebaut haben.

06.12.2009

Während ich im Halbschlaf bin, spielen beide mir Adventslieder auf Flöte und Klavier vor.

12.12.2009

Sie kamen verkühlt nach fünf Stunden zurück und erzählten begeistert von drei Weihnachtsmärkten in der Innenstadt.

14.12.2009

Auf ihrem Sessel darf ich mich entfalten; SIE rückt nach vorn oder nimmt mich auf den Schoß.

18.12.2009

Freilich kommt dieses weiße Wunder mit viel Kälte einher; bei minus 11 Grad heute Morgen kam ich ganz fix herein, nachdem ich ihm beim Schneeschieben zugeschaut hatte. SIE musiziert mit ihrer Flötengruppe in einem Seniorenheim.

20.12.2009

Am 4. Advent eilten beide bei Eis und Schnee zu einem Auftritt ihrer Flötengruppe in einem anderen Altenheim bei begeistert Adventliches singenden Älteren. Auf der heizungserwärmten Fensterbank verschlief ich all dies problemlos.

22.12.2009

Mieterärger endlich beendet: Sie knuddelten mich samt Mariechen und feierten mit Glühwein.

24.12.2009

Wegen Eis und Schnee fahren sie schon zwei Stunden vor Gottesdienstbeginn zu der Kirche, in der SIE getauft und konfirmiert wurde, um Park- und Sitzplatz zu ergattern. Ich wartete in ihrem Sessel. Beim TV-„Schwanensee"-Ballett durfte ich auf ihren Schoß.

25.12.2009

Sie musizieren (Flöte und Klavier – Vivaldi und Weihnachtslieder) und haben trotz Fest weniger Zeit zum Schmusen mit mir, aber ich weiß mir zu helfen, um ihre Aufmerksamkeit zu erlangen.

26.12.2009

Weihnachtspech: Beim Hüpfen auf den Tisch geriet ich kurz über die brennenden Kerzen des Adventskranzes. Meine angesengelten Haare, Gestank, Hitze – aber ich kriegte ganz schnell die Kurve und wurde geknuddelt.

28.12.2009

Beide sind bei den Nachbarn zum Reisebildchen-Bestaunen (Brasilien, Schweiz, Peru ...). Wenn deren Isa-Kätzchen sich ein wenig freundlicher zu mir zeigte, wäre ich ja sehr gern mitgegangen.

31.12.2009

Viel Schnee seit Tagen: So sind meine und Mariechens nächtliche Wege im Garten für SIE und IHN – sonst unbekannt – nun nachvollziehbar. Ich bin froh, bei dem Geböller in der Nacht beide um mich zu haben.

01.01.2010

Ruhiger Erholungstag: Ich war nur eine Stunde im Schnee. Beide entsorgten Massen angesammelter Altpapiere.

04.01.2010

Vom Großkauf kamen beide arg verkühlt aus dem Schnee zurück; ich hatte vortrefflich auf der Fensterbank (über der Heizung) geschlafen.

07.01.2010

Nachts 10 Grad minus: Da bleiben Mariechen und ich doch lieber drinnen: spätabendlicher und frühmorgendlicher sowie mittäglicher Viertelstunden-Schneespaziergang müssen ausreichen.

15.01.2010

Weiterhin Schnee und Eis; beide schmieden Reisepläne – auch am PC, wo ich auf dem Tisch sitzend zuschauen (freilich nicht auf die Tasten stapfen) darf.

20.01.2010

Begeistert berichteten beide von einem Besuch in einem maritimen Museum: Hunderte meist klitzekleiner Schiffe, Seegemälde, Kapitänsuniformen, Navigationsinstrumente, uralte Nussschalen der alten Ägypter für den Nil, Tiefseeforschung und vieles mehr auf neun Stockwerken (= „Decks").

22.01.2010

Der Flötenkreis – mit zehn Personen, auch einer Gitarristin – ist das (glücklicherweise nur einmal jährlich); seit Tagen wurde geputzt, gewischt, staubgesaugt, gebacken und heute gekocht, Mobiliar verschoben. Mich störte eigentlich nur der Staubsaugerlärm – und dass beide kaum Zeit fanden, mit mir zu schmusen.

24.01.2010

Nach sechzehnjähriger Pause holte SIE ihre Ballettutensilien wieder heraus für einen jetzt beginnenden Kurs. Mich erfreut alles, was zu ihrer Lebenszufriedenheit und Ausgeglichenheit beiträgt.

26.01.2010

Die Reisetaschen werden vom Boden geholt – zum Glück keine voluminösen Koffer; so wird ihre Abwesenheit – ohnehin schlimme Tage – sich nicht zu sehr ausweiten. Sie reden tröstend von „nur vier Tagen", aber das sagt und nützt mir heute nix (auch wenn meine und Mariechens Ernährung dank fürsorglicher Nachbarn gesichert zu sein scheint). In das Allgäu (Voralpen) soll die Reise gehen.

31.01.2010

Riesige Freude: Beide wieder da. Ich brachte ihnen gleich nachts ein Mäuschen mit von draußen, das freilich im allgemeinen Entsetzens-Tohuwabohu wieder in den Garten entfloh. Beide haben heftigste Magenbeschwerden und müssen sich sehr schonen.

03.02.2010

Drei Tage waren beide nicht zu gebrauchen wegen schlimmem Magen-Darm-Virus ö.Ä. SIE lag fast nur darnieder, ER konnte immerhin Einkäufe bewältigen. Besonders traurig war, dass ich nicht auf ihren Schoß hüpfen durfte, mal war die Wärmflasche da und Bauchschmerzen, mal unaufschiebbare Schreibarbeiten zu erledigen. Halbwegs normal ernähren sie sich nun wieder; so viele Teepäckchen wie derzeit sah ich freilich noch nie in der Küche ausgebreitet –

05.02.2010

SIE immer noch arg verschnupft und wärmebedürftig – wobei ich mich nützlich machen kann, denn mit mir auf ihrem Schoß geht es ihr fühlbar besser. Für ihre meist kalten Füße gibt es dann von ihm eine heiße Wärmflasche. Draußen etwas Tauwetter um 0 Grad – nichts, was mich zu mehr als den notwendigen Austreten-Kurzspaziergängen verleiten könnte.

06.02.2010

Beide glücklich summend von Geburtstagsfeier ihrer Flötenkreisleiterin zurück: deutsche und englische Abenteuer- und Volkslieder mit Gitarre und klappernden Instrumenten, Mozart „Alla Turca" von individuell zu bewegenden Tüchern „begleitet", vielstimmiger Gesang, eingeübte Flötenstücke, ca. 40 Leute und ein durch wirklich nichts aus der Ruhe und guten Festlaune zu bringendes Geburtstagskind.

08.02.2010

Montag, also Wäschetag und Üben für morgigen Klavier- und Flötenmusikunterricht: Da hatte SIE stets kaum Muße zum Schmusen mit mir. Aber abends bei der TV-WiSo-Sendung darf ich auf ihrem Schoß sitzen.

09.02.2010

SIE ist sehr böse auf mich: Mit kräftigem Sprung vom Küchentisch aus war ich auf die erhöhte Fensterbank mit ihren kostbaren Orchideen gehüpft und hatte letztere in einem Zustand hinterlassen, der SIE ernsthaft betrübte.

10.02.2010

Wegen Darmuntersuchung darf SIE den ganzen Tag nichts essen: Ein Wunder, dass SIE mich und ihn so freundlich-geduldig-ausgeglichen behandelt. ER besuchte einen Bekannten in einer Seniorenwohnanlage und war höchst erstaunt über das sehr gut geschnittene Wohlfühlappartement mit wunderschönem Fernblick.

11.02.2010

Wegen ihrer „vornehmen Blässe" erkannte ich SIE kaum wieder, als SIE mittags mit ihm aus dem Krankenhaus zurückkehrte. Erst als SIE – nach zwei Fastentagen – mithilfe von Buchweizengrütze und dergleichen allmählich ins normale Leben zurückfand, entdeckte ich in ihr die geliebte Vertraute …

12.02.2010

Von 10.30 bis 15 Uhr war ich allein, denn beide wollten erstmals im Leben eine Kunsteisbahn aktiv testen (SIE hatte seit ihrem 5. Lebensjahr nur Natureis schlittschuhlaufend genießen dürfen!), aber das Eis war leider zu stumpf und obendrein trotz Mittagszeit überfüllt. Andere, rundere Schlittschuhe würden wohl Abhilfe schaffen. Danach Schneespaziergang, Shopping einschließlich heißem Schokoladengetränk und Beschaffung von Reiseliteratur (für nächstes Jahr). Ich freute mich riesig, SIE wiederzusehen (und hinaus zu dürfen). Abends kamen die Nachbarn – die ich gut kenne – und berichteten begeistert von ihrer Reise ins 35-Grad-heiße Brasilien.

13.02.2010

Wie aus einer überirdischen Welt kamen sie beide abends von einem Mozart-Fest zurück – etwas, was das Innerste berührt/aufwühlt/versöhnt.

14.02.2010

Leider Theater-Freude der beiden auf „meinem" Sofa verschlafen, aber abends bei Beethovens TV-„Missa Solemnis" durfte ich auf ihrem Schoß sitzen.

Zu Ehren des Valentinstages gab es mein Leibgericht (rohes Fischfilet). Leider durfte ich nicht an den zwei wunderschönen Valentinstag-Blumensträußen „schnuppern" wegen eventuell „unerwünschter Nebenwirkungen".

15.02.2010
Für Astrid, die beliebte Gymnastikkurs-Leiterin:

Karneval in der Regel ist
nach meinem Gefühl ziemlicher Mist.
Doch statt tatenlos im Sessel zu hocken,
weiß SIE uns dekoriert hierherzulocken.
ABER zuerst wird gymnastiziert
(weswegen zum Weihnachts-Essfest ihr mich verliert
(weil da nur gefuttert ward –),
doch das hatte seine Art:
Wen ich auch fragte: Begeistert waren alle.
Astrid hatte sichtbar im Weihnachtsfalle
offenbar den Feier-Nerv getroffen.
(nicht dass nun welche leicht besoffen
von jener Fête heimwärts wankten
und dabei bedrohlich schwankten!)
NEIN, SIE versteht das Feiern halt,
sodass KEIN Gemüt blieb kalt.
Nicht nur die Speisen waren erlesen,

sicher hat SIE auch vorgelesen,
von besinnlich bis zu heiter,
und musikalisch ging's wohl weiter,
dergestalt, dass wurde gesungen,
so, dass allen die Ohren geklungen,
etwas von jener Seeleute-Schar,
die fest leider lag vor Madagaskar.
Oder ich erwähne kurz den,
der mal hatte einen Hamburger Veermaster geseh'n.
Oder es zogen einst vier wilde Schwäne,
Musik, nach der man sich schon kann sehnen.

Und <u>was</u> SIE vorgelesen hat?
Wir alle werden es ja nie satt.
Von jenem oberitalienischen See
zu hören (ums Herz wird mir ganz weh),
oder von besonnter Pyramiden-Welt,
die SIE gern uns vorgestellt.
Ach, wenn wir entspannend weggedämmert,
könnten die Texte ruhig sein belämmert,
aber SIE meist weckt vorlesend sehr
unsere Sehnsucht nach dem Mittelmeer,
nach Zypressen, Palmen und Platanen,
ja, SIE lässt sanft lesend uns ahnen
jenes mediterrane Flair,
das im Februar wir vermissen sehr
in norddeutscher Tiefebene, der kühlen.
ALSO, lasst uns weiter „wühlen":
Nacken, Oberarme, Bauch, Beine, Po,
Bauchmuskeln festzurren sowieso,
Lateralflex, Bizeps, Trizeps-Anatomie
für Anfänger gut kann vermitteln SIE,
und bis Astrid uns lädt zum Adventsfeste,
machen wir aus dem Ganzen hier das Beste.

Mit einer rot-weißen „Schiff ahoi"-beschrifteten Mütze verließ ER mich Richtung Gymnastikkurs; ich weiß nicht so recht, was davon zu halten ist und ob der Anfall von norddeutscher Karnevals-Gaudi länger dauert.

16.02.2010

SIE sollte zur „Hautärztin", aber die Dame war „indisponiert" (Rosenmontagsfolgen an heutiger Fasnacht?)

So kamen beide (ER war zum Trösten mitgegangen) eine Stunde <u>eher</u> zum mit mir Schmusen zurück.

17.02.2010

War das eine schlimm-ungewöhnliche Hineinführung in die (letzte) Nacht. 23 Uhr wollte ich wie üblich mit/zu ihm ins/auf das Bett. Bis 23.30 Uhr wartete ich (wegen TV-„Um

Himmels willen"-Aufnahme). Eine Viertelstunde gab ich zu, dann hüpfte ich auf sein leeres Bett. Da saßen beide noch fasziniert vor der TV-Sendung.

Wegen des folgenden Aschermittwochs (Fastenaktion der Kirche: „Sieben Wochen ohne" ging es 75 (in Worten fünfundsiebzig) Minuten lang um DIE OPTIMALE DIÄT (ER müht sich redlich …). Als ER noch nicht kam, schlief ich halbwegs ein (zumal Mariechen auf unserer Ernährerin (Betreuerin/Krankenschwester/Abend-Schoß-Platz-Bietenden (mit den sanften weichen Händen!) BETT längst schlief.

0.30 Uhr hing ER übermüdet auf seinem Küchenstuhl herum. WAS hielt ihn vom zu Bett gehen ab? MOZART natürlich, zum …ten Male das LAUDATE DOMINUM aus „Vesperae solennes de confessore", Köchel-Verzeichnis 339. Etwa 1.00 Uhr fiel ER neben mich; endlich konnte ich mein gewohntes Nachtschlafplätzchen in seiner Kniebeuge einnehmen …

18.02.2010

Mein Fahrraderlebnis
Als ER erleichtert von ärztlicher Laboruntersuchung mit dem Fahrrad – wegen Steigung und Schneemassen schiebend – zurückkehrte, eilte ich zur Straße und hüpfte auf den Gepäckträger. Sonst hüpfe ich ja nach drei bis fünf Metern herunter, aber heute blieb und blieb und blieb ich volle zehn Meter, bis ER das Fahrrad an der Hauswand abstellte und etwas murmelte, was wie „Endstation – Alle aussteigen!" klang.

19.02.2010

Beschwingt kamen beide von der Seniorengymnastik zurück, SIE obendrein haarmäßig bestens gekürzt und aufgestylt. Mariechen musste SIE abends doch noch zur Tierärztin bringen (geschwollene Lymphdrüsen und schlimme Schluckbeschwerden), nun gilt es morgens/abends eine halbe Tablette zu nehmen (was Mario = Mariechen nicht eben gern hat). Bin ich froh, dass ich diese grauen Krümel nicht herunterwürgen muss.

20.02.2010

Heute kam ein Bekannter/Helfer, um ihr zu zeigen, wie man die digital aufgenommenen Fotos im Notebook speichern, die Bilder bearbeiten und sie in einer Dia-Show darstellen kann. Ihre Begeisterung über die neuen Kenntnisse reicht mindestens (vertikal) bis zum Mt. Everest-Gipfel.

21.02.2010

Tag zwei von Mariechens notwendiger Tablettenbehandlung. Ich kenne die Prozedur und kann es nur mit Überwindung mit ansehen:
1. muss er herangelockt (Lockspeise zum Beispiel) oder von meinen Beiden mit vereinten Kräften unter dem schweren Sofa hervorgezogen werden,
2. und irgendwie „fixiert" werden, indem ER ihn zart und doch bestimmt-effektiv festhält und SIE die gedrittelte Tablette dem Mariechen zwischen die widerwilligen Zähne schiebt, scharf darauf achtend, dass sie wirklich im Mäulchen verschwindet.

Fazit 1: Einmal gelang es erst beim fünften Versuch, zweimal gleich beim ersten.

Fazit 2: Wer zwei Tage soooo bewältigt hat, hat gute Aussichten (nur wenn beide Betreuungspersonen an einem Strang ziehen!), auch die „restlichen" fünf Tage angemessen (souverän?) zu überstehen, ohne dass ihre Nerven zu sehr leiden.

22.02.2010

SIE hat „Innendienst": Wäschetag, Nähen, Zeitungen entsorgen, ER Außendienst: Post, kaputtes Fahrrad wegbringen, …, Einkaufen, TV-„Alisa" bringt RUHE in das Getriebe (15.15 – 17 Uhr). Ich darf auf ihrem Schoß sitzen.

23.02.2010

Wie auf Wolken schwebend = glücklich kamen beide vom Gemeindeausflug zurück, sodass ich ihnen mein achteinhalbstündiges Eingesperrtsein kaum noch verübeln konnte.

- Busfahrt zu einer Kirche des Heiligen Vitus in Heeslingen mit bewegender, informativer Führung,
- 3 Kilometer weiter in einem „Landhaus Schröder" ein fünfzigköpfiges Essen und Kaffeetrinken von der Art, dass beide wohl noch zu Weihnachten davon träumen werden.

Dazu ein Waldspaziergang zu einem „Mühlenschloss" nebst – zuvor eislaufgeeignetem! – Teich mit Enten. Schließlich seine Teilnahme am Kegelwettbewerb, dessen Ergebnis trotz nicht geworfenen „Pudels" (= Kugel neben der Bahn gelandet) hier nur andeutungsweise (Mittelplatz unterhalb vom Treppchen) berichtet sei.

MEIN Weltbild (auf ihrem Schoß, mit ihm schmusen, wieder Nahrung zu mir nehmen …) war erst in beider Gegenwart wieder in Ordnung und in normaler Beschaffenheit. Ihr Gemeindeausflug nur alle vier Wochen: DAS müsste zu bewältigen sein.

24.02.2010

Heute Arbeitsteilung: SIE „Innendienst" (Wäsche, Nähen, Aufräumen, Schneebeseitigung …), ER zu einer Musiktagung eintägig an der Ostsee (Luxusherberge in Travemünde), bezüglich eines Komponisten (… Brahms) nicht nur intelligente, sondern geistig fordernde begeisternde Vorträge, das Leuchten in seinen Augen sah ich sogleich. Musik lässt offenbar langsamer altern –

25.02.2010

Er erstmals seit drei Tagen Shopping (Markt u.a.) und Arzt (was so ein modernes Labor alles feststellen kann, von Cholesterin über Schilddrüse bis Blutzucker und Füßedurchblutung …). SIE endlich wieder mit etwas Muße für ihre zu nähende Hose, auch Flöten (und Blümchen).

26.02.2010

Vormittags beide weg (beide zur Gymnastik, die auch ihr viel Spaß bereitete). Nachmittags Blümchenbestellung bei einem Gartenfachhandel. Mal schauen, was ich und Mariechen (bekommt heute Abend die letzte seiner schwierigen sieben Tabletten!) im Sommer im Garten und auf der Terrasse an Neuem entdecken. Abends eilte SIE zu ihrem Flötenkreis, was Mariechen und mich nicht besonders hart traf, denn ER war rührend bemüht, alle meine und Mariechens (Sonder-)Wünsche zu erfüllen. Als ich draußen herumspazierte, hob ich mein Näschen, es naht bei Tauwetter, bei ca. 6 Grad mittags und grünenden Schneeglöckchen – bzw. Krokus-Anfängen – DER FRÜHLING!

„Frühling lässt sein blaues Band
wieder flattern durch die Lüfte …"

27.02.2010

FISCH gab es mittags von ihr, eine Glasschale (Durchmesser 10 cm) voll, aber doppelt so viel wie diesen „Tropfen auf den heißen (Fischappetit-)Stein" hätte ich glatt verputzen können. Nachmittags Aufbrezeln für Mozart-Schubert-Konzert, also nix Muße für mich –

Ca. 23 Uhr kamen sie beschwingt (aber nicht singend) heim:

Samstag, 27. Februar 2010 – 18 Uhr
Hauptkirche St. Michaelis

W.A. Mozart
Große Messe c-moll
Franz Schubert: Magnificat
Katherina Müller – Martin Petzold – Stephan Heinemann
Monteverdi-Chor Hamburg
Mitteldeutsches Kammerorchester
Leitung: Gothart Stier

Danach wollten sie noch ein Stündchen zu einem Oldie-Abend einer Tanzschule mit erfrischenden, nostalgischen, musikalischen Weisen.

28.02.2010

SIE in Pflichten (Textil-, Haus-, Kosmetik- u.a., und PC, E-Mails, Internet) „ertrinkend", ER zu ihrer Kindheitskirche geradelt, mit guter Predigt: Wie denn Menschen selbst nach schlimmen Fehlern dennoch – sie offen darlegend – „aufrechten Ganges" ihr Leben möglichst normal vor den Menschen und vor Gott weiterführen können. Das Fehler-Offen-Zugeben sei freilich eine Rarität geworden vom Kindergarten über Schule bis zu Repräsentanten der herrschenden politischen Klasse, mit peinlich(st)en (Rücktritts-)Folgen, wenn die Wahrheit dennoch durchsickert. Mariechen viel häuslicher als früher, unsere heutige Frontline-Zeckenschutz-Nackeneinreibung ist ja auch nichts gegen das siebentägige zweimal tägliche Tabletten-Eingetrichtert-Bekommen.

01.03.2010

Vormittags SIE zuerst kreislaufgeschädigt, dann Wäschetag-Routine der pausenlosen Art, wie üblich dazwischen Musik-Üben-Versuche. ER bei Gymnastik (zu der SIE hätte mitkommen wollen!), dann Einkäufe ebenfalls mußefrei. Mich (auf Nähmaschine ungestörtes Vormittagsnickerchen haltend) tangierte all diese Eile nicht, auch Mariechen nicht (unten auf Tisch Nachtschlaf nachholend).

Heute eher Sturm mit Schneeschauern (den ich nächtens nebst Mariechen zwei Stunden ertrug) statt Frühlingslüftchen, ABER Krokusse und Schneeglöckchen streben zwischen Platten des Vorgartenweges unaufhaltsam dem (Sonnen-)Licht entgegen. Die Gartenzier-Ergänzungsbestellung an eine ferne Großhandlung ist raus (per Telefon), Ende März/Anfang April soll die Pracht hier ankommen und die Gartenoptik verschönern (auch wenn erfahrungsgemäß nicht alle Katalog-Edel-Foto-Träume sich voll verwirklichen).

Mich und Mariechen interessieren sämtliche Gartenveränderungen außerordentlich.

ER wühlt sich durch das – gute! – Autofahrlernbuch zwecks Auffrischung des vor langer Zeit Erlernten.

02.03.2010

SIE hatte vormittags Musikunterricht, ER Fahrunterricht am Automatikwagen – eine weniger stressige Art des Autofahrens. Nachmittags ging es in den Garten, in dem unendlich viele Winterschmutzreste der Beseitigung harren. Mariechen und ich waren bei den vierstündigen Anfängen gern dabei.

03.03.2010

Der Tag fing ja gut an:
08:30 Uhr werde ich aus dem Schlaf gerissen und von ihm sanft emporgehoben, ins Metallkörbchen gesetzt und zur Tierärztin transportiert. Frau Dr. M. versteht sich aufs schmerzfreie Impfen! Danach mit beiden im Garten. Nachmittags mehrstündiger Erholungsschlaf auf ihrer Wolldecke.

04.03.2010

Kaum Muße für mich hatten sie.
SIE: Haushalt, Garten, Korrespondenz, Mittagessen herstellen, Flötenkreis.
ER: Automatikauto-Fahrschule, Gymnastik, Volkstanz (Mozart „Ländler" – ein wenig nicht von dieser Welt: „Grand Square", „Radetzkymarsch"/ …ische Folklore), Gartenhilfe. ABER ABENDS saß ER neben mir und streichelte mich (was ich trotz Entschlummertseins noch sehr erfreut bemerkte).

05.03.2010

Wieder kaum Zeit für mich. Tags Arbeit, abends Gäste, (nein) (Gartenabfälle zusammenharken). Saure Wochen, frohe Feste, war heute ihr Motto.

06.03.2010

Ca. 15 bis 20 cm Schnee in EINER Nacht – beim Schneeschieben durfte ich ihm zusehen, Mariechen war ohnehin draußen. Gemütlicher (Schlaf-)Vormittag. SIE Haarwäsche, ER Einkäufe. Nachmittags SIE Hausputz und Telefonate, ER machte sich irgendwie aufräumend nützlich. In drei Tagen kommt der Maler – und WIE man Bad-, Flur- und Arbeitszimmer-Inhalt in eine ohnehin volle Wohnung umlagert, weiß bisher nur der Himmel.

07.03.2010

Wieder hatten beide kaum Zeit für mich und Mariechen. Frühstück, Gottesdienst, Mittagessen, sieben Stunden lang Arbeitszimmer, Bad, Flur leer räumen für die übermorgen erscheinenden Maler. Wie die mit dem ausgelagerten Inventar (Bücher, Nippes, Handtücher, Bilder, Stühle und Kleinmobiliar) gefüllte Stube jetzt ausschaut, verschweige ich lieber; ich schritt staunend durch das Ganze und fühlte mich eher wie in einem unbekannten Museum. Beide trösteten mich mit den Worten „ALLES WIRD GUT".

08.03.2010

Etwas MEHR Schmusezeit heute: Beide zur Gymnastik sowie Einkäufen, weiteres Leerräumen der Wohnung für die morgigen Maler; ein PC-Experte kam freundlicherweise, um ihr die Bildbearbeitung am PC zu erläutern. TV-Novela „Hanna" und Mozarts Konzertarien/Violinkonzerte tragen wesentlich zur Entspannung der Situation bei.

09.03.2010

15 Uhr: Die fremden Maler haben das Haus nach getaner Arbeit – 1. Teil – verlassen, ich finde meine sanitären Anlagen, obwohl verlagert, am vorübergehenden Platz. Beide befassen sich mit normal(er)en Tätigkeiten als Zimmer leer räumen, Blümchen begießen, Papiere aufräumen, TV-Novela besehen, Klavier und Flöte spielen, Schubert/Vivaldi/Mozart hören und zwischendrin mich bzw. Mariechen streicheln.

10.03.2010

16 Uhr: Die Lage hat sich entspannt. Ich liege während der TV-Novela auf ihrem Schoß, ER hat Besorgungen erledigt UND dringend nötigen Mittagsschlaf – wie SIE – genossen. Der Maler ging nach sieben Stunden Werkelns. Noch sieht die Wohnung aus wie VOR dem ersten Schöpfungstag, aber damit können wir alle – einschließlich Mariechen – jetzt schon besser leben. Ein bis zwei Tage dürfte der Maler noch brauchen bis zum neuen Anblick der Wände.

11.03.2010

Aus der heutigen Lokalzeitung liest ER mir vor, der Wachtelkönig (sehr seltener Vogel) im benachbarten Naturschutzgebiet müsse vor mir (zu weit weg) und meinen Artgenoss(inn)en unbedingt geschützt werden. Nicht, dass bei Planung eines Neubaugebiets für Zweibeiner man diesen Aspekt vergessen hätte, aber wegen des Wachtelkönigs Wohlergehen wurde eine AUTOBAHNTRASSE eigens näher an Wohnungen/Häuser von Zweibeinern verlegt, als ursprünglich geplant! Ferner waren Gräben voll Wasser geplant, welche unsereins hindern sollen, dem seltenen Piepmatz (zu) nahe zu kommen. Die (Gräben) wären freilich sehr teuer geworden – eigentlich dürfte NICHTS auf dieser Welt zu teuer werden für des Piepmatzes Wohlergehen! – Also teuer jedenfalls wären die Wasserhindernisse geworden, wie jeder Grabenbauexperte bestätigen wird. Nun aber – gepriesen sei der technische Fortschritt! – ist ein akustisches „CAT WATCH"-System-Kästchen erfunden worden, welches nur läppische 2.000,– (zweitausend) Euro kostet und per Katzenohren peinigende Geräusche in vergleichsweise billiger Weise mein in Neu-W. ansässigen Artgenoss(inn)en von jenen kostbaren geflügelten Moorbewohnern fernhält. Antiker Kommentar: „Difficile est satiram NON scribere." = „Schwierig ist es, eine Satire darüber NICHT zu schreiben."

12.03.2010

Heute liest ER mir und ihr Hocherfreuliches aus der Zeitung vor. Eine 87-jährige – dement, Windeln tragend, Nierenversagen, schwere Blutarmut, dazu eine Lungenentzündung, also Schwerstpflegefall der Pflegestufe III, rund um die Uhr Unterstützung benötigend, vom Seniorenpflegeheim schon für den übernächsten Tag beim Bestatter zum Abgeschaltetwerden angemeldet, weil die Ärzte ihr noch zwei Tage (plus x) zum Leben gaben – WURDE WIEDER LEBENDIG. Sie besucht ihre 45 Bahnminuten entfernte Freundin, schätzt wieder Lachs und Aal, auch Hummer und Garnelen. WARUM LEBT SIE? Weniger des Körpers wegen (mit dem war offenbar wirklich nicht mehr viel Leben Fortsetzendes anzufangen), sondern weil da ein sogenanntes SOZIALES NETZ-WERK war, das ihr Lebensmut und -lust vermittelte: eine Freundin seit über 50 Jahren, ein Notar und nun ihr Generalbevollmächtigter, ein hilfreicher Freund bereits seit mehr als 30 Jahren. Ich möchte als Kranke, also sehr Schwerkranke (noch kaum dagewesen) eigentlich NICHT mehr leben – wie KARLI, das allererste geschenkte Kätzchen meiner Leute, aber wenn ich dies höre, wäre Weiterleben – jedenfalls mit ihr und ihm und Mariechen – vielleicht doch erstrebenswert.

Er lässt mich – und Mariechen – aus einem „Kranken-Haus" herzlichst grüßen, wohin ihn eine „Internistin" geschickt habe.

Dort habe man ihn nächtens noch „anfangsuntersucht" (so ähnlich wohl, wie ich bei Tierärztin Dr. M. untersucht werde) und heute gründlichst sein „Inneres" mit „Röntgenstrahlen" und „Ultraschall" durchleuchtet.

Ergebnis: „Galle" fließt nicht normal ab, „Endoskopie" (= „Hineinschauen") notwendig (natürlich mit Risiken und Nebenwirkungen: Als er etwas von „perkutantranshepatitischer Cholangiographie" las, las er in jenem Info-Blatt nicht mehr weiter.

Sie tröstet mich und besucht ihn so oft es das Schicksal (= der bei uns werkelnde Maler) erlaubt; was die optimale Krankenhausbetreuung nicht bereitstellen kann, bringt sie ihm. Er sei angesichts der Lage guten Mutes, erzählt sie mir – und wie immer in unseres Gottes Hand. Dennoch vermissen Marlechen und ich ihn seeeeehr.

13.03.2010

Sie berichtete mir und Mariechen, welch TRÖSTLICHES er im Gästebuch des Krankenhauses gefunden hatte:

„DANK an das Krankenhausteam (Ärzte, Schwestern, Servicepersonal und Raumpflegerin):

„Oh Schreck, ich muss ins Krankenhaus,
WIE komm' ich da nur wieder raus?
Man wird mich erst mal operieren;
dabei den Körper „ziselieren";
die ANGST davor ist riesengroß –
im Bauch saß mir ein großer Kloß –
doch diesen man mir bald entfernte.

ENTSPANNEN konnt' ich, wie ich lernte."

Fachkundige Ärzte operierten.
Kompetente Schwestern schmierten
mir den Bauch mit Salbe ein;
das SERVICETEAM brachte Sonnenschein.

LEIDER MUSS ICH NUN NACH HAUS,
(geh gar nicht gern ins Kalte raus …)

Betreuung hier war ganz famos!

MEIN DANK AN ALLE IST JETZT GROSS!"

14.03.2010

Mariechen und ich lauschten aufmerksam, als sie uns vorlas, was er nächstens im
Krankenhaus gedichtet hatte:

„Manche Sorge im Kopf Kreise zieht –
doch gelassener wird mein Gemüt.
Sicher: irgendwann müssen alle wir
davon aus vertrautem Jetzt und Hier.
Ja, manches Bangen fällt uns an,
doch der operierende Arzt tut schon, was er kann…
In diesem „Kranken-Haus"-Ambiente fällt leichter das Warten:
gemütlich, edel, nette Schwestern, Speisen, Räume, Garten:
All das, was im Krankenhaus-„Gästebuche" auf vielen Seiten
frühere Patient(inn)en voller Freude und Dank ausbreiten.
Sogar nachts stets findet sich nettes Personal da,
was durchaus Zuversicht und innere Ruhe fördert, oh ja.
Auch Musik (CD) und TV kann uns Freude schenken,
auch aktuelle Zeitungen können ablenken
von „Risiken und Nebenwirkungen" vielerlei Art,
doch ein GRUND-VERTRAUEN bleibt gewahrt.
Ziemlich gefüllt habe ich nun dies weiße Blatt;
eventuell Sandmännchen hat
nun endlich auch für mich mal Zeit,
denn gegen 08:00 Uhr ist es schon soweit,
dass ein GUTER, GESEGNETER SONNTAG hier beginnen kann
mit 10:00 Uhr-Gottesdienst in der Kapelle, und DANN…
Oh, meine müden Äuglein fallen zu,
allen Mit-Patient(inn)en wünscht gute Ruh."
Ulli

15.03.2010

Sie erzählt mir und Mariechen von seinen Eindrücken vom Sonntagsgottesdienst in
der Krankenhauskapelle. Predigttext war Lukas15, die zentrale christliche Botschaft –
die notfalls das gesamte restliche Neue Testament ersetzen könnte – vom BARMHER-
ZIGEN VATER, der den „verlorenen Sohn" trotz dessen Verprassens seines Erbes mit
Dirnen bei dessen reuiger Rückkehr voll Freude aufnimmt und ihm ein Fest – mit Mast-

kalbverzehr – ausrichtet (woraufhin der zweite zu Hause brav gearbeitet habende Sohn sich beim Vater bitter beklagt, der Vater habe IHM nicht mal eine Ziege in der ganzen Zeit zum Feiern mit Freunden spendiert). Es ging auch um des Philosophen Feuerbach These, Gott sei vornehmlich eine Erfindung der Menschen (weil er so wenig gerecht wäre) – eher nicht! Schließlich war der unauflösbare Gegensatz von Gottes <u>Barmherzigkeit</u> und menschlicher Gerechtigkeit das Hauptthema: Wenn nun der <u>zweite</u> Sohn recht hätte (und Gerechtigkeit wichtiger als Barmherzigkeit wäre)?

15:00 Uhr

Sie erzählt vom Krankenbesuch bei ihm,
gelegt sei (für die Galle) ein Schlauch –
darüber freue sich nun auch
der Kranke, dessen arg geplagte Seele
sich nun etwas weniger quäle
(Druck auf Magen, Erbstreit-Dauer-„Baustelle"),
doch seine Miene (etwas weniger gelb) sich nun aufhelle
zumal GOTT – der immer da –
sei auch HIER im Krankenhaus für ihn da.

16.03.2010

Mariechen und ich kapierten nicht viel: Sie versucht uns zu erklären, heute werde er in einer großen Röhre (können Mariechen uns vorstellen, da wir kleinere Röhren, leere Postpakete, geleerte Papierkörbe und dergleichen gut kennen) untersucht. Computertomographie (CT) nennen die Zweibeiner es; mit diesem Verfahren könne man klitzekleine (Magen-)Krebserkrankungen im Anfangsstadium identifizieren (= erkennen). Er = Man darf da <u>nicht einfach so</u> hineingesteckt werden:

- Er darf bestimmte Allergien (= Unverträglichkeiten) nicht haben
- bestimmte Knochenbrüche, v.a. Verletzungen, darf Mensch auch nicht haben
- Mensch darf <u>wieder</u> einen Tag nichts essen, nur trinken
- bei früheren Operationen dürfen ganz bestimmte Medizinmittel <u>nicht</u> verwendet
  worden sein.

Mariechen ist wohl ebenso froh und dankbar wie ich darüber, dass wir meist nur zwecks Geimpftwerdens (schlimm genug!) oder um Antibiotika eingetrichtert/-geschoben zu erhalten zur Tierärztin, Frau Dr. M., im Auto gefahren werden.

Die Diagnose nach der Computertomographie sei nicht ermutigend, aber er dürfe in Freiheit zu Hause bei uns und Renate das Restleben genießen – und wir dürfen extra dankbar sein, falls ihm mehr als die <u>jetzt</u> von der Medizin in solchen Fällen vorausgesagte Zeit geschenkt werde.

17.03.2010

Vom Krankenhausbesuch berichtete sie, er käme in etwa zehn Tagen zu uns zurück; dann seien beide für vier Tage (bis Monatsende) verreist. Danach dürfe er noch ziemlich viele Tage und Nächte (sommers sind Menschen und ich nächtens draußen) mit uns leben, schmusen, streicheln, striegeln …

Medizinisches interessiert mich nicht so: von Ultraschall, Metallschlauch, Infusionen, Kontrollen war die Rede. Mir reicht völlig, was ich bei Frau Dr. M. in zum Glück größeren Abständen zu erleben/erleiden habe.

Ansonsten naht langsam der FRÜHLING, amtlich soll er in drei Tagen erscheinen. Die Tage aber werden jetzt schon länger, die Nächte weniger eiskalt; mehr und mehr Blümchen im Garten sind zu bestaunen. Auf Mäuse warten Mariechen und ich noch vergeblich.

Die Piepmätze werden von uns höchst aufmerksam registriert; sie benötigen jetzt etwas weniger Vogelfutter.

Sie spielt schon Frühlingslieder auf der Flöte und übt welche für den dienstäglichen Klavierunterricht. Er darf im Krankenhaus ein bisschen abends und morgens leise auswendig auf einem einsamen Tasteninstrument Tröstliches spielen. Sie habe sich staunend sehr gefreut, als er ihr diese Quelle ungeahnter musikalischer Erfreuung zeigte; kaum etwas auf dieser Welt bringt uns so mühelos aus den zuweilen betrüblichen Niederungen dieser Welt in jene Sphären, wo Musen und Göttliches vermutet werden.

18.03.2010

Die heute fürs Publikum beginnende Leipziger Buchmesse bewege ihn (als Auch-Schreiberling), erzählt sie uns. Erregte Dichterfürsten (Grass und Co.), renitente Nachwuchsautor(inn)en (Helene Hegemann) und epische Plagiatsdebatten (eben über Hegemann und Co.); die Literaturwelt ziemlich in Aufruhr, „Süddeutsche Zeitung", „FAZ", „ZEIT", „Hamburger Abendblatt" und sogar „Morgenpost" eifrig mitmischend.

Die Dichterfürsten beschlossen bereits eine „Leipziger Erklärung zum Schutz geistigen Eigentums". Darin heißt es: „Wenn ein PLAGIAT als PREISWÜRDIG erachtet wird (das betrifft Hegemanns „Axolotl Roadkill"), wenn geistiger Diebstahl und Verfälschungen als KUNST hingenommen werden, dann demonstriert diese Einstellung eine fahrlässige Akzeptanz von Rechtsverstößen im etablierten Literaturbetrieb". So viel zum „Getöse der Großschriftsteller" (FAZ).

Jenseits der Aufregung: „Geklaut" wurde mindestens seit Sappho und Pindar (600 v. Chr.), eben weil alle Schreiberlinge zugleich LESER(innen) sind, und zwar unabsichtlich (also keine „Rechtsverstöße"). Heute aber scheint es sich um „ausleihbare" Passagen zu handeln, die beim PC-gestützten Buchverfertigen offenbar entwendet wurden (was anderen viel lesenden Schreiberlingen natürlich auffällt).
Merke: Lesefrüchte nie wörtlich in auffälliger Menge verwenden

19.03.2010

Um ihn „operationstauglich(er)" zu machen, geschehe alles Menschen- beziehungsweise Medizintechnikmögliche in jener Klinik, erzählt sie Mariechen und mir (die Großen zuerst!). Gallengangbypass, Computertomographie, einstündige Spezial-Ultraschalluntersuchung zwecks Tumoreingrenzung, Lungenfunktionsuntersuchung (eine Stunde), Herz-Ultraschalluntersuchung, Leberuntersuchung; er sei sehr dankbar für solche Gründlichkeit.

Frühlingsanfang bedeutet wohl auch: Es gehe nicht ewig weiter im gewohnten (Sommer-/Herbst-/Winter-) Trott, meinen beide. Ein Gedicht von Rilke falle ihm ein:

Archaischer Torso Apolls (Rilke habe den in Griechenland bestaunt):

„Wir kannten nicht sein unerhörtes Haupt,
darin die Augenäpfel reiften.
Aber sein Torso glüht noch wie ein Kandelaber,
in dem sein Schauen – nur zurückgeschraubt –
sich hält und glänzt. Sonst könnte nicht der Bug
der Brust dich blenden, und im leisen Drehen
der Lenden könnte nicht ein Lächeln gehen
zu jener Mitte, die die Zeugung trug.
Sonst stünde dieser Stein entstellt und kurz
unter der Schultern durchsichtigem Sturz
und flimmerte nicht so wie Raubtierfelle;
und bräche nicht aus allen seinen Rändern
aus wie ein Stern: DENN DA IST KEINE STELLE,
DIE DICH NICHT SIEHT. DU MUSST DEIN LEBEN ÄNDERN."

20.03.2010

Frühlingsanfang

„Frühling lässt sein blaues Band
wieder flattern durch die Lüfte,
süße, wohlbekannte Düfte
streifen ahnungsvoll durchs Land"

„Ja, die Frühlinge brauchten dich wohl. Es muteten manche Sterne dir zu, dass du sie spürtest. Es hob sich eine Woge heran im Vergangenen, oder da du vorüberkamst am geöffneten Fenster, gab eine Geige sich hin. Das alles war Auftrag. Aber bewältigtest du's? Warst du nicht immer noch von Erwartung zerstreut, als kündigte alles eine Geliebte dir an? (Wo willst du sie bergen, da doch die großen fremden Gedanken bei dir aus- und eingehen und öfters bleiben bei Nacht ..."
(Rilke: Erste Duineser Elegie)

„... Oh und der Frühling begriffe -, da ist KEINE Stelle, die nicht trüge den Ton der Verkündigung. Erst jenen kleinen fragenden Auflaut, den mit steigernder Stille weithin umschweigt ein reiner bejahender Tag. Dann die Stufen hinan, zum geträumten Tempel der Zukunft -; dann den Triller, Fontäne, die zu dem drängenden Strahl schon das Fallen zuvornimmt im versprechlichen Spiel ... Und vor sich, den Sommer ..."
(Rilke: Siebente Duineser Elegie)

21.03.2010

Von seinem Krankenhaus-Gottesdienst erzählte sie uns: In diesen letzten 14 Tagen der Passionszeit (sieben Wochen) sollten Christen das Leid und Kreuz ihres HERRN bedenken (Philipperbrief des Paulus, Kap. 3, 8-14). Noch aufregender der zweite und dritte Text:
- Joh. 8, 1-11: Eine beim Ehebruch ertappte Frau soll laut Mose-Gesetz gesteinigt werden. Vorher fragen jüdische Funktionäre Jesus, ob er etwas dagegen ha-

be (wenn ja, stellt er sich gegen das Mose-Gesetz, wenn nein, rückt er in Un-mensch-Verdacht-Nähe) – aber ER schweigt und malt mit dem Finger im Wüs-tensand: „Wer unter euch ohne Sünde ist, der werfe den ersten Stein." ALLE ziehen stumm davon, die Ältesten zuerst. „Weil niemand dich (die Frau) verur-teilt, verurteile ich dich auch nicht. Gehe hin in Frieden und sündige hinfort nicht mehr!"

-   Jesaja 43, 16-21: „Nicht an das Alte denken und nicht auf Früheres achten! Gott will ein Neues machen." (zum Beispiel Wege in der Wüste; Wasser ströme in der Einöde; eine Schneise im Meer zwecks Flucht seines Volkes aus Ägypten …). Sein Volk soll von Gottes Taten anderen (= fremden) Völkern erzählen (obwohl SEIN Volk IHN nicht gerufen hat, nicht um IHN sich abgemüht und auch nicht mit (Speis-) Opfern sich um IHN abgerackert hat …) –

Danach habe er noch in jener Krankenhauskapelle Orgel (vier Oktaven) spielen dür-fen (zum Beispiel Kirchenlieder, Beethoven, Mozart, ‚Der Mond ist aufgegangen' u.a.).

Die Krankenhausvisite habe erst mittags stattgefunden: Alles ganz entspannt; dann gleich nach dem Mittagessen Entlassung seines Zimmergenossen – nach zwei Ta-gen).

Es sei gut, wenn im Krankenhaus neben körperlichen Schmerzen auch seelische Wunden berücksichtigt werden. –

Ein Ex-Schulfreund habe trotz 55-jähriger Vertrautheit den Halbschwestern – mit de-nen seit viereinhalb Jahren ums von Vati testamentarisch verteilte Erbe gestritten werde – über die Straße hinweg sogleich die Tumorerkrankung gepetzt. (Was sind das für Freunde bzw. Freundschaften ?).

22.03.2010
(Der zwölfte Krankenhaustag)

Wie man trotz grauer Haare und körperlichen Einschränkungen beziehungsweise Rücksichten immer „in Bewegung" und lebenszugewandt bleiben könne, habe ihn in diesen Tagen beschäftigt, erzählt sie mir, als ich bei ihr auf dem Schoß sitzen darf. Das ging teils vom Apostel Paulus aus, den bekanntlich zum Beispiel Gefängnisauf-enthalte nie am Schreiben von Briefen an seine Gemeinden (Philippi, Ephesus, Ko-rinth …) hinderten, teils von einem hochbetagten Rock- beziehungsweise Pop-Sänger, der kürzlich äußerte:

„Meine allerbeste Angewohnheit: Ich bin ein lebens- und bewegungshungriger Mensch, will immer noch mehr wissen

-   von den Ländern der Erde
-   von der Musik
-   und von der Religion
-   und warum die Menschen sich so benehmen wie sie es tun."

Therapeutisch (noch) nichts Neues. Ob Operation (in einem anderen Krankenhaus) oder des Chefarztes „PLAN B", müsse in Geduld abgewartet werden, mindestens bis heute Abend.

23.03.2010

Sie berichtet von seiner eiligen, direkten Verlegung per Taxi in ein anderes, noch größeres Krankenhaus, wo man besser aus seiner Galle beziehungsweise Leber das Tumor genannte Böse herausoperieren könne. Er sei dort freundlichst empfangen und – erneut - untersucht worden (für solch komplizierten Eingriffe in den Bauch müsse man ansonsten rundum fit und geduldig wie ein Turnschuh sein).

Ferner musste er zweimal unterschreiben, dass er mit dem Eingriff einverstanden sei und von all den schrecklichen Möglichkeiten des nicht (ganz) Gelingens Kenntnis genommen habe, auch keine Ansprüche finanzieller Art erheben werde.
Abends nette Patienten zum Plaudern, Rilke-Lektüre, schon 21 Uhr Bettruhe und natürlich wenig Schlaf.

Mariechen und mir wurde ganz anders – nur nicht besser – im Gemüt; uns reicht die jährliche Impfung bei Frau Dr. M. – und gelegentlich Antibiotika-Zwangsfütterungen – völlig aus. Morgen Abend erfahren wir hoffentlich haarklein von ihr, wie das Ganze bisher verlaufen ist. Besser wäre freilich, er käme endlich heim und könnte mit uns schmusen, aber sie machte uns klar, dass der Tumor fix wachsen und ihn uns überhaupt wegnehmen würde, sodass wir ihn dann nur noch in jenem uns bekannten Grab auf dem uns vertrauten nahe gelegenen Friedhof „besuchen" könnten. DAS WOLLEN WIR ERST RECHT NICHT. Also warten bis morgen = 1 x schlafen gehen und wieder wach werden (Ich bleibe drin bei ihr, Mariechen bleibt bis 11 Grad nachts draußen).

24.03.2010

Ca. 6 Uhr geweckt und für Operation vorbereitet in jenem neuen Krankenhaus, irgendwann infolge von Narkose eingeschlafen und ca. 15 Uhr in seinem Krankenzimmer erwacht, an acht bis zehn Schläuche angebunden. Ellbogen, Bauch, Nase, Ohr …, aus zwei Fläschchen tröpfelte etwas in ihn hinein. Das war wohl jene große Operation gewesen – auch wenn sie nur „inoperabel" laut Stationsarzt zutage brachte. Er sei gegen 19 Uhr eingeschlummert, als letztes Fläschchen leer geworden sei.

25.03.2010

Aufrecht sitzen und zum Bad gehen geübt mit Physiotherapeutin und Krankenschwester, Waschen, Rasieren, Zähneputzen, nun Warten auf Visite. Niemand könne hüpfen am Tage nach solchem Ein-Griff in den Körper. Es geschehe alles, ihn bald wieder auf eigene Füße zu stellen: zwei Becher Tee vier Tage lang, dazu Infusionen. Sie sei bei ihm gewesen und habe ihm von mir und Mariechen berichtet. Die Nachbarn (Heinz und Rolf K) schrieben rührend – UND der frühere Pastor habe schriftlich für ihn jenes Gebet festgehalten, das er am 21.03. im anderen Krankenhaus für ihn gebetet hat.

Alle vier bis sechs Stunden Kontrolle des Körpers (Puls, Blutdruck, Blutzucker, Gewicht usw.), also geschehe alles, ihn gesund zu machen (was die Halbschwestern eventuell ungern hören wegen des Erbstreits und ihrer Habgier). Er schlafe ein wenig mehr trotz Nasensonde.

26.03.2010

Zu operieren sei es nicht (laut Stationsarzt), doch im Tunnel Licht gebe es nach wie vor durchaus – hier und auch im vorigen Krankenhaus. Erst müsse er auf eigenen Füßen stehen und fähig sein, hier umher zu gehen, und – bis man genau eingegrenzt die Plage – hier untersucht werden noch einige Tage.

Mit solcher Aussicht könne man leben, denkt er und schöpft Hoffnung – eben Blümchen hat sie ihm gebracht, die erfreuen ihn tags mehr als in der Nacht. Das wird schon werden mit dem Bauch: Zeitung lesen und reimen kann er auch. Die Physiotherapeutin freute sich über Mimi-Büchlein/-Fotos sichtlich!

Telefon von ihr zu seinem Krankenbett habe endlich funktioniert – nun ja, modernste Kommunikationstechnik will erlernt sein.

Er könne zum Tisch gehen (schreiten) wie auch auf dem Flur – bis zum Empfang heute schon – also Fort-Schritte. Sie ist ganz zufrieden angesichts der Gesamtsituation.

27.03.2010

Er sei beweglicher gewesen als vorgestern beim letzten Besuch, erzählt sie mir (Mariechen will schon wieder in den Garten). Er kann am Tisch sitzen und lesen, reimen, schreiben. Am Wochenende (heute ist Sonnabend) läuft alles bedächtiger und mit eingeschränktem Personal in solchem Krankenhaus. Trotzdem finde ich es nicht völlig abwegig, dass Mariechen und ich ihn dort nicht besuchen dürfen: ihn an Schläuchen zu sehen (Nase, Arm, Magen ...) würde mich verwirren und traurig stimmen. Wir warten lieber, bis er in normalerer (gesünderer) Verfassung nach Hause kommt. Einige Tage wird es dauern, er muss normal gehen können, die Bauchnarbe verheilt und nicht nur Tee (bis morgen Abend) neben Infusionen als Ernährung. Mariechen und ich würden laut piepsen, wenn wir vier Tage lang nur Tee (statt Oral Care- oder Gourmet-Futter) bekämen. Die Gymnastikgruppe habe ihm geschrieben (und für ein Blümchen gesammelt); beruhigend, von so netten Leutchen vermisst zu werden.

28.03.2010

Sonntag und 17 Jahre, 2 Monate Jubiläum meiner beiden Versorger, Start TV-Gottesdienst, Visite und immerhin Predigttext-Lektüre ... Beweglichkeit nehme zu, erzählt sie uns, ohne Begleitung schaffe er es bis zum Empfangstresen.

Ca. 30 Leutchen aus seinem Gymnastikkreis schrieben ihm, eine „Wundertüte" voll:

- gute Wünsche
- Mit-Leiden
- Sehnsucht nach wieder gemeinsamem Turnen
- Reisebericht
- Bücher-Gutscheine
- Ein Harry-Kater schrieb selbst (durch Gunda), wie es ihm so ergeht mit Altersbeschwerden und seiner Dosenfütternden
- tröstende Berichte über sehr ähnliches eigenes Leiden
- Ermutigungen
- Erinnerungen an gemeinsame Turn-Freuden.

TV-Kinderspäße („Das doppelte Lottchen" und dgl.) lenken ihn ab, sagte sie erfreut; der Nasenschlauch (Magensonde) sei die letzte ernstliche Einschränkung beim Sich-bewegen und beim Einschlafen natürlich.

29.03.2010

Er habe über den Krankenhaus-Horizont hinausgeblickt, etwa per TV auf die Entste-hung der Frauenkirche in seiner Geburtstadt Dresden: 1720 – 1726 durch George Bähr, einer misstrauischen (kein Wunder bei Kostensteigerung von 80.000 auf 288.000 Thalern, also 3,5 Mio €) Stadtbaubehörde abgebettelt, immer wieder eigenes Geld dazugegeben – damit es weiterging, die Wünsche von Kurfürst August dem Starken berücksichtigt (nur 50 x 50 m Grundfläche, weniger als ein halbes Fußballfeld, nach hoch oben zu bauen, eingepasst in weitere Elbufer-Repräsentationsbauten); als eine Kuppel aus Kupfer nicht finanzierbar war, plante Bähr eine aus Stein (Elbsandstein teils bescheidener Qualität).

Es galt, das Mauerwerk für die gewaltige Last von 12.000 Tonnen (etwa der Hälfte des Gewichts der „Titanic", die früh unterging) zu berechnen (ohne Metallringe ging das gar nicht) und so genau zu rechnen (ohne PC!), dass nichts zusammenfällt.

Es hielt den Beschuss durch preußische Kanonen im Siebenjährigen Krieg aus (1756 – 1763), aber nicht 2.600 Bomben im Februar 1945. Immerhin: Bährs Entwürfe und Zeichnungen, Pläne und Berechnungen überlebten im Dresdener Stadtarchiv; sie ermöglichten den originalgetreuen Nachbau dieser Kirche 1990 bis 2007, wobei fast die Hälfte der benötigten Steine aus den Trümmern verwendet werden konnte.

Bähr starb mit 65 Jahren an Tuberkulose, wenige Monate vor Vollendung des Baus.

Der staunende Beschauer solcher Wunderwerke („Superbauten", laut HÖRZU) wird ganz still in dem Gebäude zur Ehre Gottes: Wie viel waren Gotteshäuser früherer Ge-nerationen wert? (Kölner und Mainzer Dom; das Münster in Bad Doberan an der Ost-see, wohin SIE morgen einen Ausflug mit der Kirchengemeinde unternimmt).

30.03.2010

Heute sind Mariechen und ich allein: Sie bereits ab 8 Uhr mit der Kirchengemeinde nach Bad Doberan zu jenem berühmten Münster, dann irgendwo an der mecklen-burgischen Küste mit schönem Seeblick stärkende Einkehr, also Mittagessen, Kegeln, Spaziergang oder Kartenspiele – je nach Lokal und Wetterlage.

Er noch im Krankenhaus, aber essensmäßig nun außer Tee auch Süppchen und Jo-ghurt, evtl. Zwieback erlaubt. Er fühle sich täglich besser und – ohne Verband und Nasenschlauch – zu längeren „Ausflügen" innerhalb der Station fähig.

Nun wollen wir erst mal hinaus in den Frühling; sie hat uns zum Glück genug Futter und Wasser draußen vor die Kellertür gestellt.

Visite: Der Arzt meint, er könne entlassen werden, sobald er normale Ernährung gut vertrage.

Bibellese Joh. 18, 12-27: Ausgerechnet Petrus, der sich gerade noch für Jesus schla-gen wollte und jemanden am Ohr verletzte, dieser Petrus streitet dreimal hintereinander auf Befragen von Gegnern ab, Jesus überhaupt zu kennen. Tröstlich für Normalchristen, wenn der „Fels" und eifrigste Jünger auch versagt hat, als es darauf ankam.

31.03.2010

Von ihrem gestrigen Ausflug erzählte sie heute: Das Münster in Bad Doberan, ein Wunderbau zur Ehre Gottes, in unendlicher Mühsal Steine zusammentragen und mit primitiven Winden hinaufhieven in luftige Höhen (vom Kölner Dom weiß man, dass etliche Arbeiter/Steinmetze nicht alt wurden) …

Mittagessen in edlem Ambiente, leider in Bezug auf Sättigung ein Reinfall, ohne Brille beziehungsweise Lupe waren die „Mahlzeiten" in des Tellers Mitte kunstvoll arrangiert – nur schwer als solche zu entdecken. Das Ganze rausreißen musste nach 4 Kilometern Ostsee-Spaziergang das Kaffeetrinken mit Obsttorte und kräftigendem Brötchen – aber so etwas kann bei telefonischer Vorbereitung und Bestellung nie verhindert werden.

Von ihm nichts Neues: Er darf heute „leichte Kost" – und nach Erreichen von Normalkost heimwärts zu mir und Mariechen und Renate. Immerhin: der letzte Schlauch (im Hals) sei heute entfernt worden, was ihn nun zu ganz freiem Sich-Bewegen auch in anderen Stockwerken (Post, Sparkasse, Läden) befähigt.

Er hat gestern eine Postkarte an uns abgesandt, auf der zwei niedliche miteinander schmusende Kätzchen abgebildet sind. Er hat dazu für uns geschrieben: „Liebste Mimi und Mariechen sowie Renate! Sooo oder ähnlich (wie die Kätzchen auf der Vorderseite) geht Ihr beiden hoffentlich miteinander um! Herzlichen Dank an Renate für gestrigen (29.03.2010) Besuch. Heute (30.03.2010 seid Ihr allein, weil sie mit der Fischbeker Kirchengemeinde im Bus zum Münster nach Bad Doberan fährt, aber sie kommt ja abends zurück, um Euch beide zu knuddeln und zu füttern....

Ich komme sobald ich darf – zu Euch, Renates Haus und Garten, Piepmätzen und Blümchen – Euer zuversichtlicher Ulli."

01.04.2010

Der Ölbaum-Garten (Gethsemane) – Rilke (Paris, Mai/Juni 1906)
(Nacht vor Karfreitag: Lukas 22, 39-46):

„Er ging hinauf unter dem grauen Laub
ganz grau und aufgelöst im Ölgelände
und legte seine Stirne voller Staub
tief in das Staubigsein der heißen Hände.

Nach allem dies. Und dieses war der Schluss.
Jetzt soll ich gehen, während ich erblinde,
und warum willst DU, dass ich sagen muss,
DU seist, wenn ich DICH selber nicht mehr finde.

Ich finde DICH nicht mehr. Nicht in mir, nein.
Nicht in den andern. Nicht in diesem Stein.
Ich finde DICH nicht mehr. Ich bin allein.

Ich bin allein mit aller Menschen Gram,
den ich durch DICH zu lindern unternahm,
der DU nicht bist. O namenlose Scham ...

Später erzählte man: ein Engel kam –

Warum ein Engel? Ach, es kam die Nacht und blätterte gleichgültig in den Bäumen.
Die Jünger rührten sich in ihren Träumen. Warum ein Engel? Ach, es kam die Nacht.

Die Nacht, die kam, war keine ungemeine; so gehen hunderte vorbei. Da schlafen
Hunde und da liegen Steine. Ach, eine traurige, ach, irgendeine, die wartet, bis es
wieder Morgen sei.

Denn Engel kommen nicht zu solchen Betern, und Nächte werden nicht um solche
groß. Die Sich-Verlierenden lässt alles los, und sie sind preisgegeben von den Vätern
und ausgeschlossen aus der Mütter Schoß.

02.04.2010 – Karfreitag

Wenig passend zum entsetzlichen Golgatha-Geschehen vor ca. 2000 Jahren strahlt
die Sonne vom wolkenarmen Himmel: kein Erdbeben, kein Vorhang im Tempel zer-
reißt.

Mariechen und ich hüpfen frohen Mutes im Garten umher – auch zwischen jenem
grünen Unkraut, das sich aussäende Straßenbäume teppichartig allenthalben sprie-
ßen lassen und gegen das sie bald Ernsthaftes unternehmen muss. Ihm gehe es gut
im Krankenhaus, keine Schläuche mehr, nur Druck auf Magen, Narbe von Operation
noch gut sicht- und fühlbar.

Vormittags so früh Visite, dass er statt TV-Gottesdienst zu einem richtigen, ein Stockwerk tiefer im „Raum der Stille" gehen konnte. Ein Pastor erklärte den Dutzend Zuhö-
rer/innen – teils katholisch – sehr bewegend das Karfreitagsgeschehen (Joh. 19;
Psalm 22) – und zwar nicht Allgemeines, sondern auf die Situationen jener zwölf Pati-
enten/innen bezogen, die ja nicht von der Straße kamen, sondern von – teils vergeb-
lichen – Leber-, Galle-, Nierenoperationen, also mit Existenzbedrohung zu kämpfen
haben.

Schließlich wurde von jedem eine Kerze entzündet und eine Fürbitte (von ihm für sie
als Begleiterin seines Leidens) ausgesprochen, Vaterunser, Segen und bewegende
orgelähnliche Musik, schließlich ein Gespräch mit dem Pastor am Ausgang, wo man
Dank und persönlichste Sorgen äußerte. Gott auch in jenem Medizintempel – sehr
tröstlich.

03.04.2010 – Karsamstag

Mariechen schläft vormittags, da nachts draußen.

Ich darf ihr im Garten zuschauen, wie sie etwas gegen sich aussäende Straßenbäume unternimmt und wie sie die Rosen aus ihrem winterlich aufgehäufelten Zustand
befreit.

ER darf evtl. schon heute zu uns – nur der Oberarzt muss noch zustimmen.

Gegen 12 Uhr kam der Stationsarzt mit dem Entlassungsbrief; gegen 16 Uhr war er bei mir (Taxi, U-Bahn, S-Bahn) und schmuste mit mir an der Garagenauffahrt. Erst gingen wir zu den Nachbarn, dann zu uns. Er zog sich erschöpft in seinen Sessl zurück, ich lag eineinhalb Stunden auf seinem Schoß. Dann musste er auspacken. Ich freue mich riesig über seine unvermutete Heimkehr. Abends kam noch der 75-jährige frühere, hiesige Pastor zum Erzählen und Beten.

Sie war mit Mariechen zwei Stunden im Garten, weil es trocken blieb.

Nachts ringsum Osterfeuer – Mariechen und ich lieben den Duft von verkohltem Holz.

04.04.2010 – Ostersonntag

An seinem Fußende schlief ich, aber nach sechs Stunden Schlaf zog er per Rad zum 6 Uhr-Frühgottesdienst: Kirche dunkel und voll, wie auch in den 10 Uhr-Gottesdiensten gut gefüllt. Es ging um das Unerklärliche, Staunenswerte, Rätselhafte des Osterereignisses vor 2000 Jahren (Markus 16, 1-8). Dann fuhren sie zum Grab (Friedhof), aber ich schlief sanft auf der Schlafzimmer-Fensterbank.

Nachmittags putzte sie die Terrasse; mittags konnten sie bei Sonnenschein schon draußen speisen.

Mit ihm ist nach Operation und 24 Tagen Krankenhaus noch nicht viel los, aber die Kirchengemeinde freute sich sehr, ihn wieder aufrechten Ganges unter den Lebenden zu begrüßen.

05.04.2010 – Ostermontag

Seit Wochen schlief er erstmals sieben Stunden. Fernseh-Gottesdienst über den reichen Kornbauern, der über dem Aufhäufen von Schätzen das Wichtigste („reich sein bei Gott") vergaß.

Auswärts speisten sie vornehm an einem Teich mit Schwänen: sehr angenehm; danach schmusten sie hier zu Hause mit mir. Daneben lief der übliche Wäschetag mit seinen Pflichten.

Abends Hausmusik – üben für morgigen Musikunterricht (Querflöte und Klavier).

06.04.2010

Vormittags war ich allein (Mariechen schlief im Untergeschoss): Sie hatte Musikunterricht, er kümmerte sich um die Besorgungen.

Nachmittags eilten beide bei Sonnenschein in den Garten. Dünger ausbringen, fegen und nochmals fegen. Er muss alles bedächtig angehen; ich war mit draußen und genoss die Atmosphäre, den Rasen, die Wärme.

Im TV ganz große Schauspielkunst. Greta Garbo als „Königin Christine" (1933).

07.04.2010

Strahlender Sonnenschein – aber Mariechen und ich wollten erst mal ausschlafen, dann war es 15 Uhr.

Beide hatten erst die sehr netten Krankenschwestern in „seinem" ersten Krankenhaus besucht, dann zwei kaputte Staubsauger zwecks Reparatur zur Innenstadt transportiert und dann noch eine sehr Anteil nehmende Dame aus seiner Gymnastikgruppe getroffen.

Sie eilte nachmittags mit mir in den Garten; er musste sein kaputtes Fahrrad (Hinterreifen) zu Fuß und per S-Bahn zum nächsten Reparaturbetrieb bringen.

08.04.2010

Mariechen hat die aggressive Isa von nebenan zum Rückzug motiviert – das hat auch mir richtig gut getan. Ansonsten viel allein (sie zum Staubsauger-Abholen, er Besorgungen und Volkstanz, sie abends zum Flötenkreis). Aber sobald er/sie zurück sind, kommen sie zu mir und schmusen mit mir, was ich dankbar schnurrend anerkenne.

09.04.2010

Sie musste den Heizungswartungs-Monteur begleiten und danach den Heizungskeller säubern.

Er konnte wieder Gymnastik betreiben und anschließend mit den Turner(innen) feiern, die ihm so rührend ins Krankenhaus geschrieben/gereimt/gemalt/gedichtet hatten.

Mariechen hatte große Angst vor dem Heizungsmonteur; mich ängstigen fremde Menschen im Hause weit weniger.

Isa von nebenan kam ganz sanft durch die Terrassentür – nur um in unserer Küche von unserem Futter zu knabbern.

10.04.2010

Gemütlicher Sonnabend: Er erledigt die Besorgungen, sie begrüßt die vielen Orchideen im Hause; in den Pausen knuddelt er mich.

Mariechen ganztägig draußen – mit Esspausen drinnen, Mittagessen bei Sonnenschein auf der Terrasse, sehr angenehm. Isa kam gleich, um sich dort zu sonnen.

11.04.2010

Sie fahren 42 Kilometer mit dem Auto, um in eine uralte Dorfkirche (St. Viti, 1141 gebaut!) in Zeven zu gehen: Atemberaubend, von 900 Jahre alten Mauern, Kanzel, Fresken, Taufstein, Fensterbildern umgeben Gottesdienst zu feiern. Gleich daneben ein ebenso altes Kloster-Museum.

Beide fotografierten die Kunstschätze. So gelangte ich erst nachmittags zum Schmusen auf seinen und anschließend auf ihren Schoß.

Im TV Archäologisches: Im Jahre 1933 in Persepolis entdeckte 30.000 Tontafeln, aus denen abzulesen ist, wie hochentwickelt das antike Persien gewesen ist.

12.04.2010

Nachmittags Sonnenschein – ich konnte mit ihr und Mariechen in den Garten. Vormittags war sie beim Volkshochschulkurs, um Fotobearbeitung am PC zu lernen; er eilte zur Gymnastik und Besorgungen. Nachmittags fuhr sie ihn zum Krankenhauschefarzt, der ihm rührend ausführlich die notwendigen Kontrolluntersuchungen erklärte: Gut, wenn man so jemandem voll vertrauen kann.

13.04.2010

Sie war im Garten mit Mariechen und mir, er war zur Untersuchung bei ihrem Heilpraktiker, der Erstaunliches herausfand, zum Beispiel , dass seine Leber nur ungenügend funktioniert; jedenfalls ein Mensch, der Vertrauen verdient.

14.04.2010

Beide im Garten: widerspenstige lange Himbeersträucher anbinden, ich schaute interessiert zu. Ansonsten war sie bei ihrem Volkshochschulkurs „Fotobearbeitung am PC"; ich habe schon mal diesen Laptop fasziniert betrachtet.

15.04.2010

Viel allein, weil sie ihn fünf Stunden zur Voruntersuchung für die Chemotherapie begleitete. Anschließend Sonnenstündchen mit ihr im Garten: Es wird Frühling mit Forsythien, Magnolien und Tulpen bei 18 Grad Wärme mittags.

16.04.2010

Einen Gewerbeschein bekam sie – für die evtl. Vermietung an Monteure und Feriengäste.

Er beschaffte Rosendünger, den sie in meiner und Mariechens Gegenwart auf die vielen Rosen im Garten verteilte, bei Sonnenschein und 12 Grad Wärme.

17.04.2010

Bei strahlender Frühlingssonne viel mit beiden und Mariechen draußen; bei 15 Grad Wärme sogar den Mittagsschlaf verschoben. Zum Wochenmarkt und zum „Offenen-Tür-Tag" einer Seniorenresidenz durfte ich leider nicht mit.

18.04.2010:

Strahlender Sonnenschein – mit beiden nach dem Gottesdienst Mittagspause auf der geschützten überdachten Terrasse, dann mit ihr im Garten. Ihn lockte ein Flöten-/Orgelkonzert (Bach, Mozart, Quantz, Sammartini) in die Kirche.

TV abends: Geschichte Bagdads über die Jahrtausende hin....

19.04.2010:

Ganz schrecklich habe ich ihn vermisst: Er musste Tag und Nacht im Krankenhaus bleiben. Sie hat es mir erklärt und versucht, mich zu trösten.

20.04.2010:

Beim Mittagsschläfchen überraschte er mich plötzlich. ER ist wieder da: große Freude. ER wollte uns überraschen, deshalb hat er SIE nicht angerufen und informiert. SIE hätte ihn sonst ja abgeholt.

21.04.2010:

Hagel, Graupel, Regenschauer – kein Wetter zum Hinausgehen für mich. Sie war zu einem Volkshochschulkursus (Bildbearbeitung am PC), er übernahm die Besorgungen.

22.04.2010:

Mehr Sonne, aber kalt: bin kaum draußen gewesen. Er zur Gymnastik und zu Besorgungen, sie Staubsaugen, Zahnarzt und Flötenkreis.

Sie denken über eine zusätzliche Therapie für ihn nach und wollen die Möglichkeit nutzen. Sie hat schon Kontakt zu einem speziellen Arzt aufgenommen und diverse Unterlagen dafür ausgefüllt. Für den Beginn der Therapie haben sie jedoch erst einen Termin für den 25. 05.2010 erhalten.

23.04.2010:

Ihr Auto musste heute zur Inspektion – sehr wichtig. Er ist in der Stadt, sie nachmittags zu dem netten Flötenkreis.

Bei viel Sonnenschein bin ich mit Mariechen meistens draußen.

24.04.2010:

Sie haben eine große Schale mit roten Blümchen per Fahrrad mit mir zusammen zum Friedhof gebracht, als Grabschmuck. Außerdem haben sie viele neue Pflänzchen hier im Garten untergebracht. Bei warmer Nachmittagssonne schauten Mariechen und ich zu. Mariechen schätzt Veränderungen im Garten nicht besonders. Wenn SIE Unkraut herauszieht, schaut Mario ganz nah und sehr genau zu, und wenn er der Meinung ist, SIE hätte nun genug herausgerissen, dann springt er immer auf ihre Hände, um sie daran zu hindern, noch mehr herauszureißen.

25.04.2010:

Beide waren zu einem Festgottesdienst: 50 Jahre Ordinationsjubiläum (Berufsbeginn) eines befreundeten Ruhestandspastors: Geschwister, Enkel, Chorfreunde, frühere Gemeindemitglieder – eine nachdenklich-fröhliche Feier.

Anschließend haben beide in meiner Gegenwart die Dahlien aus ihrem Winterschlaf (Garage) geholt und wieder in die Erde gesenkt.

26.04.2010:

ER war den ganzen Tag und die Nacht – zu meinem größten Kummer – im Krankenhaus, Sie vormittags zum Volkshochschulkursus. Nachmittags durfte ich zuschauen, wie Sie die vielen Orchideen begossen hat.

27.04.2010:

Vormittags tauchte ER wieder auf und knuddelte mit mir (Sie war noch beim Musikunterricht) – dann eilte ich aber in die zwölf Grad warme Frühlingssonne hinaus.

28.04.2010:

Drei Gründe zum Feiern heute: Siebzehneinvierteljähriges Kennenlern-Jubiläum der beiden,

Volkshochschulkursus beendet, 20 Grad Wärme erstmals in diesem Frühling!

29.04.2010:

Ein richtiger warmer Sommertag!

Sie hatte vormittags einen PC-Experten im Hause, der allerlei erklären konnte, was in jenem Volkshochschulkursus nicht vermittelt wurde, weil einige Teilnehmer mit ihren Sonderwünschen den normalen Grundkurs-Interessenten das Verstehen erschwerten und der Kursleiter nicht auf die Anfänger einging.

Nachmittags bei ihr im Garten gewesen: Jetzt blüht alles von Tulpen über Forsythien bis Perlhyazinthen.

30.04.2010:

Richtig gut schaut sie aus um den Kopf nach dem heutigen Besuch bei der Friseurin, aktueller Anlass ist der abendliche Tanz in den Mai. – Wegen der Feiertage haben beide getrennt alles Benötigte doppelt eingekauft. –

Nachts Regen, ich kam völlig durchnässt herein und ließ mich gern abrubbeln.

01.05.2010:

3 Stunden waren sie per Auto unterwegs, um Kirsch-, Birnen-, Apfelblüte etc. zu bestaunen. Ich schlief derweil, um die versäumte Nachtruhe nachzuholen.

02.05.2010:

Sechseinhalb Stunden (etwa 30 Km) sind beide mit einer Gruppe durch blühende Kirsch- und Birnenbäume geradelt, als sie endlich zurückkehrten, musste ich eilends hinaus in den sonnenbeschienenen Garten.

Ich spüre, dass IHN die Fahrt überanstrengt hat. Der Ausflug sollte eigentlich nicht so lange dauern, aber die Gruppe hatte Mühe, einen geöffneten Gasthof für ein Mittagessen zu finden.

03.05.2010:

Regen – bis mittags konnte ich nicht hinaus. Da die Klempner bei der Sickergrube draußen bei dieser Wetterlage nichts beschicken konnten, eilten beide zur wohltuenden Gymnastik, anschließend zu Besorgungen.

Das richtige Wetter für ausgiebige Hausmusik; ER spielt aus dem Gesangbuch: „Schmückt das Fest mit Maien."

04.05.2010:

Es geht IHM jetzt oft nicht gut: Übelkeit, Erbrechen, Schwäche. Aber er klagt mit keinem Wort. Er ist zu Ihr, zu Mariechen und zu mir so liebevoll und zärtlich wie vorher.

05.05.2010:

Sie musste IHN heute noch einmal für einen Eingriff in ´s Krankenhaus fahren. Er hat mir erklärt, dass er schon abends wieder bei uns sein kann. Sie kommt zwischendurch zu uns zurück. Das Wetter ist trocken, aber sehr kühl, so dass ich mir nicht die Sonne auf den Bauch scheinen lassen kann.

Trotzdem zogen hin und wieder Wandergruppen vorbei in´s Naturschutzgebiet „Fischbeker Heide". Wenn ich Wandergruppen kommen höre, gehe ich manchmal auf den Fußweg und werfe mich vor die Füße, damit sie mich streicheln. Bisher hat es immer zur Freude aller geklappt.

07.05.2010:

Heute früh sind sie zum Gottesdienst gefahren. Ich konnte schlafen, Mariechen ist unter den Büschen im Garten. Nachdem sie zurück waren, hat ER lange mit mir geschmust.

08.05.2010:

Sie sind zur Gymnastik geradelt und wollen anschließend einkaufen, Katzenfutter, wie sie uns erklärten.

14.05.2010:

Sie hat bemerkt, dass es mir schon gestern schlecht ging. Mir ist heute so heiß, dass ich mich unter das Gästebett im ebenerdig begehbaren Souterrain verkrochen habe. Aber SIE hat mich gesucht, mit einiger Mühe unter dem Bett hervorgeholt und festgestellt, dass ich wohl hohes Fieber habe. Sie sagte zu IHM, dass sie mit mir zu einem anderen Tierarzt fahren müsse, weil die mir vertraute Praxis für mehrere Tage Urlaub macht.

ER will uns zum ersten Mal nicht begleiten. Als sie mit mir allein losfuhr, habe ich deshalb laut – wohl etwas panisch – geschrien. Sie sprach pausenlos beruhigend auf mich ein, aber erst bei der fremden Tierärztin wurde ich ruhig.

Es wurde hohes Fieber gemessen und die Tierärztin stellte eine Lungenentzündung bei mir fest. Ich wurde mehrmals gepiekst mit Antibiotika und mit etwas gegen Schmerzen, Fieber etc. Nun geht es mir schon etwas besser.

Als wir nach Hause zurückkehrten, war ER nicht da. Sie war sehr beunruhigt, legte mich zum Schlafen und machte sich per Fahrrad auf die Suche. Sie fand ihn völlig entkräftet auf einer Bank in der Ladenstraße in dem eiskalten Wind sitzend.

Er war mit dem Fahrrad zur Gymnastikgruppe gefahren und hatte dann keine Kraft mehr gehabt, nach Hause zurück zu fahren. Er hatte wohl die Gymnastikteilnehmer noch einmal sehen wollen.

Da er durch seine Stiefmutter und seine Halbgeschwister seit Jahrzehnten so unendlich und stark gelitten hatte, war die Gymnastikgruppe seine Ersatzfamilie geworden. Nach Bekanntwerden der Diagnose und während seiner Krankenhausaufenthalte hatten die Teilnehmer der Gymnastik- und einer Volkstanzgruppe ihm sehr viel Anteilnahme und Liebe bezeugt und ihm dies mit Briefen, Kärtchen und vielen Aufmerksamkeiten gezeigt. Es bedeutete IHM sehr, sehr viel.

SIE wollte rasch nach Hause radeln und das Auto wieder herausholen, aber er wollte – schon völlig durchkühlt – langsam radeln. Zu Hause kam er mit letzter Kraft an und konnte die Stufen in das Parterre nicht mehr schaffen, so dass sie ihn in das Gästebett im Souterrain legte und wärmte. Es ging ihm schnell so schlecht, dass sie die Feuerwehr mit einem Notarztwagen zu Hilfe rief. Er wurde wieder in ein Krankenhaus gebracht und sie fuhr hinterher.

Ich fühlte mich ganz elend und allein gelassen.

Abends kam SIE allein zurück, packte für IHN einige Sachen in eine große Tasche und fuhr nochmals zum Krankenhaus.

15.05.2010:

Ich schlief wie immer auf seinem Bett, als nachts, 2.30h, das Telefon klingelte. Sie fuhr sofort wieder zum Krankenhaus, aber er war schon gestorben, wie sie mir später sehr traurig erklärte.

Mir ist selbst ganz elend zumute, aber, wenn sie weint, versuche ich immer, sie zu trösten. Ich stelle mich dann jedes Mal mit einem meiner Füßchen auf einen ihrer Füße und sehe balancierend zu ihr auf, bis sie mich wahrnimmt und wieder lächelt.

21.05.2010:

Sie erklärte mir, dass heute die Beerdigung ist mit anschließendem Kaffee, Kuchen etc. im „Deutschen Haus".

Wenn sie nachts nicht schlafen kann, versuche ich immer, sie zu beruhigen. Erst habe ich versucht, ihren Kopf – Haut und Haare – abzulecken, wie es die Katzenmütter bei ihren Katzenkindern tun. Da sie das aber nicht so gern hatte, habe ich mich dann jedes Mal auf eine Ecke ihres Kopfkissens gesetzt und meinen Körper gegen ihren Kopf gedrückt. Seltsamerweise hat das gewirkt, sie konnte und kann dann jedes Mal recht schnell einschlafen.

23.05.2010:

Sie geht jeden Tag zum Grab und begießt den Blumenschmuck. Manchmal bin ich zu müde, um mit dorthin zu gehen, dann gähne ich sie an, wenn sie mich fragt: „Mimi, wollen wir einen Spaziergang zum Friedhof machen, zu Ullis Grab?"

Oft habe ich Lust, sie zu begleiten, dann renne ich neben ihr her, allerdings mit vielen kleinen Abstechern, denn es gibt ja immer so aufregend viel zu entdecken.
Sie will mich zum Friedhof tragen, aber ich mag nicht getragen werden.

Beim Grab angekommen ruhe ich mich aus und sehe ihren Tätigkeiten zu.
Aber ich musste mich dort auch schon einmal gegen einen riesigen Kater verteidigen und ich habe einmal eine Maus fangen können.